SOLUTION

DE LA

CRISE INDUSTRIELLE FRANÇAISE

La République d'Haïti
Sa dernière révolution. — Son avenir

PAR

EMMANUEL ÉDOUARD
PUBLICISTE

AUGUSTE GHIO
ÉDITEUR
Palais-Royal, 1, 3, 5, 7 et 11, Galerie d'Orléans
PARIS

SOLUTION

DE LA

CRISE INDUSTRIELLE FRANÇAISE

La République d'Haïti

Sa dernière révolution. — Son avenir

PAR

EMMANUEL ÉDOUARD

PUBLICISTE

AUGUSTE GHIO

ÉDITEUR

Palais-Royal, 1, 3, 5, 7 et 11, Galerie d'Orléans

PARIS

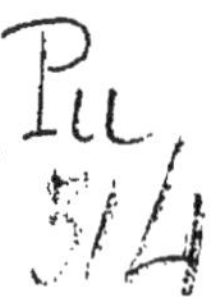

A MONSIEUR F. ÉDOUARD

Juge au Tribunal de Cassation d'Haïti

Mon cher père,

L'amour de la patrie, la pitié pour son inimaginable abaissement, le souvenir de ce que vous avez souffert il y a quinze ans — j'étais bien petit alors — malgré vos vertus civiques, m'ont inspiré les pages suivantes. Loyal et consciencieux, vous ne vous êtes jamais inquiété que de votre devoir ; vous n'avez jamais eu personnellement la moindre part dans les malheurs d'Haïti : c'est pourquoi je ne saurais dédier cette étude à un meilleur et plus digne citoyen que vous. Je vous la dédie donc et je vous prie d'accepter avec l'expression de mon affection et de mon respect sans bornes.

Paris, avril 1884.

EMMANUEL ÉDOUARD.

PRÉFACE

« Quels sont les alliances, les amitiés, les intérêts qu'invoquera Haïti à l'heure du danger? Ne doit-elle pas appréhender au contraire que les peuples d'Europe n'appellent de tous leurs vœux les évènements qui livreront à des bras laborieux et intelligents une terre qui récompense l'homme de ses sueurs? La charrue, les moulins, les machines à vapeur, remplacent avantageusement les mains des esclaves; tout est possible avec les puissants leviers dont dispose l'industrie moderne. »

GRAGNON-LACOSTE.

Étude économique sur Saint-Domingue.

SOLUTION

DE LA

CRISE INDUSTRIELLE FRANÇAISE

La France possédait, au siècle dernier encore, en Amérique, dans la mer des Antilles, la partie occidentale de l'île de Saint-Domingue. Cette terre, connue aujourd'hui sous le nom d'Haïti, République indépendante et souveraine, était la plus belle des colonies qu'eût jamais une nation civilisée. Les Français de l'heure présente ignorent en général Saint-Domingue et les pages brillantes de leur histoire coloniale. Ceux qui pensent quelquefois à Saint-Domingue se représentent un pays méprisable, avili, constamment bouleversé par d'épouvantables tempêtes civiles.

Pour les besoins de mon sujet, je vais rappeler, en traits aussi rapides que possible, cette époque merveilleuse de la prospérité coloniale de la France, quoique cette prospérité eût pour base l'esclavage des nègres, de mes ancêtres.

Mes origines haïtiennes me permettent de parler de l'esclavage en Amérique sans embarras et sans irritation. De même qu'après un duel en champ clos toute insulte est effacée, ainsi aucun pénible souvenir n'existe entre la France et Haïti, qui a lavé son corps et son âme des souillures de la servitude.

En dépit des calomnies que la plupart des revues et journaux français ont répandues sur notre compte, il y a quelques mois, avec une légèreté inqualifiable ; en dépit des accusations insensées, des injures qui, dans le même temps, ont été portées contre Haïti, à la tribune même du Palais-Bourbon, par un homme qui avait mille raisons de laisser cette besogne à un autre, il est certain que nul peuple n'estime et n'aime la France comme le peuple haïtien.

« Périssent les colonies plutôt qu'un principe ! » Ces paroles furent prononcées en France ; elles attestent une grandeur d'âme, une générosité extraordinaires ; nous croyons qu'elles n'auraient jamais été prononcées ailleurs qu'en France et c'est sans doute pour cela que nous aimons la France de cet amour désintéressé, puéril et religieux.

I

L'ÎLE D'HAÏTI AU SIÈCLE DERNIER. RAPPORTS AVEC LA MÉTROPOLE

Ici, je cède la parole à un bordelais, monsieur Gragnon-Lacoste, très au courant des choses de Saint-Domingue :

« La partie française de l'île de Saint-Domingue était déjà à cette époque (en 1776) et resta, par la suite la plus importante de toutes les possessions de la France dans le Nouveau-Monde, soit par les richesses qu'elle procura à la métropole, soit par l'influence qu'elle exerça sur son agriculture, son commerce et son industrie. Elle formait le côté occidental de l'île entière dont les Espagnols occupaient l'Orient. Sa configuration était singulièrement irrégulière ; elle comprenait environ dix-sept cents lieues carrées sur trois mille deux cents lieues carrées, surface de cette grande Antille. . . . . L'année 1776 marque une étape dans la colonisation de Saint-Domingue ; on peut déjà apprécier la variété et l'importance de ses productions et l'étendue de son commerce.

« Bordeaux lui a fourni un nombreux contingent de colons ; ses navires couvrent les mers des deux Amériques ; ses négociants sont établis sur tous les points de l'île. . . . . . Le territoire de Saint-Domingue français fut, dès l'origine, distingué en trois divisions : la partie du Nord, la partie de l'Ouest et la partie du Sud. La partie du Nord est la première que les Français aient habitée. . . . . Sa position topographique, la fertilité de son sol, la clémence relative de son climat lui assuraient des avantages réels sur toutes les autres parties de l'île. Le Cap en était la ville la plus impor-tante. . . . . Le nombre des navires étrangers qui fréquentèrent en 1789 les ports de Saint-Domingue s'élève à 1,000 environ. . . . « Plus les produits des denrées étaient grands, plus la navigation de la métropole était étendue ; plus son commerce florissait ; plus l'étranger tributaire versait de numéraire en France ; plus le fisc gagnait à cette seconde sortie de la denrée, et plus, enfin, de familles vivaient dans la mère-patrie et d'autres s'y enrichissaient : c'était le beau temps, temps, pour nous fabuleux, des oncles d'Amérique. On a calculé que le commerce d'Amérique donnait à vivre à six millions d'hommes en France . . . .

« On a déjà dit que les ports de l'île, ouverts au commerce régulier, étaient au nombre de trois : le Cap français, au nord ; le Port-au-Prince à l'ouest, les Cayes-Saint-Louis, au sud. Le premier seul occupera notre attention parce que les bordelais y possédaient de nombreux établissements. Le Cap était la ville la plus importante de la colonie, sa capitale de fait, le siège principal de ses richesses et de son luxe.... Le commerce de Bordeaux occupait, dans un des principaux îlots, un vaste emplacement appelé « le Quartier Bordelais » dont plusieurs rues portaient des noms très connus dans le haut commerce de notre port. Les maisons de nos compatriotes se faisaient remarquer par leur magnificence et les magasins dont elles étaient pourvues formant autant d'entrepôts, témoignaient de la richesse de leurs heureux possesseurs. Le mouvement de notre rade, dans ces temps prospères où notre commerce maritime avec les deux Amériques défiait celui de toutes les autres nations, pourrait seul donner une idée de l'animation qui régnait au Cap, dans le « Quartier Bordelais. » . . . .

« Bordeaux, que le monde maritime appelait la « Reine de l'Océan », quand les nations jalouses nommaient Saint-Domingue la « Reine des Antilles », Bordeaux qui ne connut pas de rivale quand, par sa grande sœur, elle tenait en ses mains la clef des Grandes Indes ; Bordeaux voyait revenir chaque année, dans ce bassin fameux que les anciens étonnés appelaient le « Port de la Lune », comme des oiseaux voyageurs fidèles à leur nid, plus de deux cent cinquante navires, sur les trois cents que ses riches armateurs expédiaient au-delà des Tropiques, chargés de ses vins renommés et des produits de l'industrie française. . . . .

« Ce qu'on a dit du hâvre du Cap est encore plus applicable au port de Bordeaux, où venait se résumer le mouvement de la colonie. Nos quais étaient sans cesse couverts des nombreux émigrants et des passagers que la renommée, un appât irrésistible des richesses attiraient vers Saint-Domingue. Des tonneaux, des colis, des chariots permettaient à peine la circulation. Aux chants joyeux des matelots se mêlait le bruit strident des chaînes relevant les ancres ; au vagissement des flots, la voix des chargeurs, les cris touchants des derniers adieux. . . . .

« On a répété que le génie français ne fut jamais colonisateur. Sans parler de nos colonies du Canada, de la Louisiane, Saint-Domingue est là, comme un témoin irrécusable de notre puissance colonisatrice. On objectera peut-être la fécondité de son sol ; sans doute, la terre paya avec usure les sueurs, les exigences mêmes des planteurs. Mais il faut bien reconnaître chez ces derniers des qualités propres à obtenir des succès qui ont fait l'admiration des deux mondes et qui excitèrent chez plusieurs nations d'Europe, l'Angleterre principalement, un esprit de jalousie qui devint esprit de conquête le jour où nos dissensions intestines laissèrent le champ libre à l'étranger ».

Pamphile de Lacroix, général français, qui fit partie de l'expédition de Bonaparte contre Saint-

Domingue, rapporte que « la France employait autrefois, au commerce de Saint-Domingue, 750 gros bâtiments, montés par 80,000 matelots..... Ainsi le commerce d'importation et d'exportation avec Saint-Domingue monta, en 1789, à la somme de 716 millions, 715,962 livres tournois, somme exorbitante quand on calcule que l'importation et l'exportation générales du royaume de la même année ne s'élevèrent qu'à 1,097,762,000 livres. La colonie de Saint-Domingue, le grand marché du Nouveau-Monde, embrassait donc à elle seule, en 1789, près des deux tiers des intérêts commerciaux de la France ». (Mémoires pour servir à l'histoire de la Révolution de Saint-Domingue, par le gén. baron P. de Lacroix, pages 276-277, tome II).

La France, grâce à la brutalité de Bonaparte, perdit Saint-Domingue après des sacrifices de tout genre. Des 60,000 hommes qu'elle chargea de retenir sa colonie qui lui échappait, elle n'en revit pas 15,000. Saint-Domingue se proclama nation libre, sous le nom d'Haïti, le 1er janvier 1804.

De 1804 à ce jour, les annales de mon pays sont remplies de larmes et de sang, d'inepties et d'atrocités.

II

HAÏTI ACTUELLEMENT

J'emprunte le tableau suivant à M. Victor Schœlcher qui visita Haïti en 1841 (1) :

« Le premier pas que l'on fait dans Haïti a quelque chose d'effrayant, surtout pour un abolitioniste. Lorsqu'on aborde par le Câp, cette colonie autrefois si puissante, on se demande où est la ville dont l'histoire coloniale a tant parlé, et que l'on appelait le Paris des Antilles.

. . . .

« Cette île livre au commerce un peu de café, de coton, de campêche, de tabac, quelques peaux de bœufs et quelques écailles de tortue, mais elle n'a pas la moindre richesse acquise ; elle ne produit pas le plus petit objet fabriqué, exportable. Et cependant, Haïti est peut-être le point du globe le plus privilégié de la nature. Elle abonde en richesses de toutes espèces.

« Son sol, d'une inépuisable fécondité, outre la canne, le café, le coton, le tabac, le cacao, porte, avec mille racines nourrissantes, toutes les épices de l'Inde, tous les fruits de l'Amérique, et aussi presque tous ceux de l'Europe ; ses forêts contien-

1. Victor Schœlcher, *Haïti*. Pagnerre, éditeur, Paris.

nent des bois de construction, d'ébénisterie, de teinture ; et ses acajous, en si grand nombre qu'on les brûle, sont supérieurs à ceux d'aucun autre pays du monde. Plusieurs de ses fleuves roulent de l'or ; elle renferme des mines de cuivre, de fer, de houille et l'on dit aussi de mercure ; elle a des montagnes de soufre, des carrières de marbre, de porphyre et d'albâtre ; elle possède des jaspes, des agathes, des pétrifications, des cristallisations et des matières argileuses ; son règne minéral n'est pas moins immensément riche que son règne végétal. Enfin, les oiseaux aux brillantes couleurs, le chanteur des bois, le gibier, les mouches à miel ne lui manquent pas plus que le reste.

« C'est une terre promise en un mot que cette luxuriante Haïti, et le reste du monde viendrait à lui faillir qu'elle trouverait chez elle assez de ressources pour n'être privée de rien de ce qu'a inventé la civilisation européenne en amenant tous les produits de l'univers sur ses marchés. Elle pourrait se suffire à elle-même, et semblable à un enfant au berceau, elle ne peut se passer de personne ! Elle est tributaire du monde entier pour ses objets de première nécessité (pages 270-271). . . . .

« Le pays qui ne produit pas ne saurait acheter. Aussi le grand comme le petit négoce est-il frappé de paralysie. Point de capitaux, point de banque, point de crédit (p. 272). . . . .

« Le mal qui ronge la République creuse chaque jour plus profondément le gouffre de la misère générale. Aucune classe n'y échappe. Personne n'ayant de quoi vivre, chacun cherche à y suppléer par le commerce, tout le monde se fait marchand ; militaires, avocats, députés, sénateurs, administrateurs, propriétaires, par eux-mêmes ou par leurs femmes tiennent boutique ouverte, et cette immense concurrence ne fait qu'augmenter la gêne universelle en ne laissant de bénéfice à personne. Les plus riches sont dans le dénuement. Les aisances, les agréments de la vie sont inconnus (p. 273) . . . .

« Mais il faut qu'Haïti le sache, l'homme qui arrive des pays civilisés est frappé, en abordant l'ancienne Saint-Domingue, d'une profonde tristesse à l'aspect de cette dilatation de toutes les fibres sociales, de cette inertie politique et industrielle qui couvrent l'île d'un voile ignominieux. » (p. 180).

Ces lignes écrites en 1841 sont toujours d'actualité.

III

Haïti aurait continué à vivre dans le mépris universel, dans le brigandage et l'impuissance ; elle aurait accepté, résignée, la fatale destinée que lui ont imposée ses premiers gouvernants ; elle aurait toujours suivi, inconsciente, le chemin du suicide si un évènement considérable, le percement commencé de l'isthme de Panama, n'était venu réveiller les convoitises dont ce beau pays a toujours été l'objet depuis la découverte à cause de sa fertilité inouïe et de sa situation géographique. Ces convoitises se sont tout récemment produites avec tant de franchise et de maladresse que nous n'avons pu faire autrement que de sortir de notre insouciance.

Les étrangers se sont toujours mêlés de nos discordes intestines, mais jamais,— les faits et les documents diplomatiques sont pertinents à cet égard,— avec le cynisme qu'ils ont montré l'année dernière.

IV

On connaît la politique extérieure des États-Unis d'Amérique. Les citoyens de l'Union américaine l'ont résumée dans cette phrase : « *l'Amérique aux Américains* » ; on sait que dans leur bouche cela signifie : « *l'Amérique aux États-Unis d'Amérique.* »

On n'ignore pas aussi qu'il est dans les traditions de l'Angleterre de poser sa griffe partout où une station navale peut être établie avec avantage pour elle, sur tous les points du globe qui commandent les passages maritimes importants. L'An-

gleterre voudrait dévorer l'univers. Il est bien naturel que ces deux peuples appartenant à la même race aient des appétits et un caractère pareils.

Je copie les lignes suivantes du « *Courrier des États-Unis* » du 8 mars 1884 :

On écrit de Washington au World :

« Monsieur Curtin, président du comité des « affaires étrangères, dit que ce comité a l'inten- « tion de suivre, cet hiver, une politique tendant « à assurer le contrôle de l'Amérique sur le canal « de Panama. Il ajoute qu'il ne serait pas bon, « pour prendre cette attitude, d'attendre que les « travaux du canal soient trop avancés. Le comité « a été informé que l'Angleterre a pris possession « sur la côte occidentale de l'isthme d'une des îles « désertes pour y établir une station navale. On « sait de bonne source que l'Angleterre a con- « struit des fortifications sur cette île. Comme « elle est en dehors de la route régulière des na- « vires, les travaux qu'on y a faits n'ont pas éveillé « l'attention générale » (samedi, 8 mars 1884. *C. des États-Unis*).

A la lecture de cette simple note, on prévoit combien troublé sera l'avenir de l'œuvre française de l'isthme de Panama. Nul n'a oublié les tentatives éhontées que fit l'Angleterre il y a quelques mois pour s'emparer du canal de Suez. Il suffit de jeter un rapide coup d'œil sur la carte pour voir quel sera, dans quelques années, le prix du splendide port naturel du Môle Saint-Nicolas, à l'Ouest de la partie Nord de la République d'Haïti, point de relâche indiqué des navires sortis des grands ports de l'Est de l'Amérique du Nord ; il n'est pas besoin d'un examen prolongé pour s'assurer qu'aucun endroit n'est plus propre à l'établissement d'une redoutable station navale que la fameuse île de La Tortue placée au Nord de la République d'Haïti et partie intégrante et indivisible de son territoire, pour être convaincu qu'énorme sera l'importance de l'île d'Haïti (partie ouest) dont les richesses inexploitées connues seront âprement sollicitées.

V

C'est ici pour moi l'occasion de démontrer à quelles obsessions est présentement en butte la République d'Haïti, à quel degré la race anglo-saxonne dédaigne la raison et la justice lorsque leurs prescriptions sont contraires à ses intérêts.

VI

Créancière, en représentation de son mari décédé, M. Joseph Maunder, soi-disant sujet anglais, d'un M. Prosper Élie qui était lui-même créancier d'une compagnie fondée par un français, M. E. Devèze, pour l'exploitation de l'île de La Tortue, Mme Ve Maunder, née haïtienne, s'était substituée, en 1870, MM. Prosper Élie et Devèze étant morts, à la compagnie en question. Elle en exerça les droits à l'expiration desquels elle bénéficia personnellement d'un long contrat du gouvernement d'Haïti, pour un motif quelconque et aux mêmes fins.

A tort ou à raison, elle fut troublée dans la jouissance de son privilège par le gouvernement d'Haïti.

L'Allemagne de Bismark et de Moltke, l'Angleterre, les Etats-Unis d'Amérique, dans ces dernières années, ont abusé insolemment de leur force contre Haïti. Mme Ve Maunder, née haïtienne, se rappela les avanies tant de fois infligées à Haïti et dont nous avons toujours gardé le cuisant souvenir. Persuadée apparemment qu'elle était anglaise de par son mariage, persuadée à coup sûr que ses enfants étaient anglais, elle résolut de profiter des canons anglais et de confier à l'Angleterre la réalisation de son rêve de fortune rapide. Elle porta plainte au cabinet de Saint-James contre le gouvernement haïtien par lequel elle se prétendait gravement lésée. L'Angleterre, ne voyant que l'île de La Tortue à saisir prit énergiquement parti dans le litige, nous formula des remontrances et nous réclama, en faveur de la famille Maunder et de divers chefs, environ la somme ridiculement disproportionnée de quatre millions de francs, avec l'espoir sans doute que nous hausserions les épaules comme nous le devions, ce dont elle arguerait pour s'adjuger La Tortue en garantie et pour y rester jusqu'à l'écroulement de la puissance britannique. Or il se trouva qu'après de longues recherches le gouvernement haïtien acquit la certitude et prouva pièces en mains que la famille Maunder n'était pas plus anglaise que moi pape, qu'elle était haïtienne. Il était évidemment regrettable pour cette famille qu'elle ne fut pas anglaise, mais évidemment aussi, l'Angleterre n'avait plus qu'à nous laisser tranquilles. Elle ne voulut cependant pas convenir de sa mésaventure et nous harcela sans trêve de notes diplomatiques. Le gouvernement haïtien tint bon et proposa l'arbitrage de M. Grévy. Le verdict du président de la République française n'était pas douteux. L'Angleterre, ne se souciant pas de divulguer l'étrangeté de son attitude, se déroba au jugement arbitral en invoquant un prétexte risible, et, piteusement, déclara l'incident clos. On saura tout à l'heure ce qu'il advint.

Passons maintenant aux Etats-Unis d'Amérique :

Je ne puis faire mieux que de reproduire ici les lignes y relatives que j'extrais de l'exposé général de la situation de la République d'Haïti, présenté en l'année 1883 par le président de la République aux Chambres haïtiennes (*Journal officiel d'Haïti*, 11 août, nos 32 bis, 33). Je ne résisterai pas au désir de transcrire aussi la partie de cet exposé qui a trait à l'affaire Maunder dont je viens de parler. Le langage du gouvernement haïtien, dans cette circonstance, est intéressant pour ceux qui daignent suivre le développement de ma pensée.

Voici comment s'exprimait le président d'Haïti :

« Il est des questions auxquelles un règlement équitable n'a pas encore mis fin ; mon gouvernement espère arriver à leur solution à la suite d'un examen impartial.

« Notre état social d'un côté, de l'autre, des prétentions peu justifiées donnent lieu à de fréquentes réclamations ; prévenir des complications qui pourraient résulter des unes, démontrer le peu de fondement des autres, réduire d'autres encore aux strictes limites commandées par la justice ou l'esprit de conciliation, tel a été le rôle de mon Ministère des Relations Extérieures. Le bref exposé des réclamations les plus saillantes vous montrera les résultats obtenus ou attendus, l'esprit du gouvernement, celui des différentes légations... La réclamation Maunder, pendante depuis tant d'années, paraissait, ainsi que je vous l'annonçais l'année dernière, avoir pris fin ; la clôture de la discussion était admise d'un commun accord par le Foreing-Office et notre ministre-résident à Londres. La loyauté du cabinet de Saint-James nous donnait lieu d'espérer que tout était définitivement réglé au point de vue diplomatique, il ne restait plus qu'à transférer la solution définitive de la question sur le terrain du droit commun ; elle relève de ce droit seul et n'aurait jamais dû en sortir. *Mais, à notre grand étonnement, le gouvernement anglais semble revenir sur cette question.* Fermement décidé à ne rien abandonner, d'un droit si péniblement reconquis, et à régler ce long différend selon les clauses du contrat, nous attendons de l'équité du cabinet de Saint-James, comme aussi, s'il était nécessaire, du concours des puissances amies, une solution conforme à l'esprit de justice et au respect de notre indépendance dans l'exercice de notre juridiction intérieure.

« Différentes questions sont également pendantes entre nous et les États-Unis d'Amérique. Mais nous espérons, grâce à l'esprit d'équité que nous avons constamment trouvé de la part de la grande République du Nouveau-Monde, arriver à une solution amiable de ces difficultés. Quelques-unes de ces questions sont déjà anciennes ; elles ont été, sous le gouvernement précédent, l'objet d'une active correspondance aussi bien en Haïti qu'aux États-Unis. *On avait même tout lieu de les croire définitivement résolues, lorsque, par une persistance que nous avons peine à nous expliquer, elles ont reparu.*

« Telles sont les réclamations Lazarre et Pelletier ; vous les connaissez en substance. Il n'est pas toutefois inutile d'en rappeler ici les traits essentiels. Le capitaine Pelletier, condamné à mort sous le gouvernement du président Geffrard pour crime de piraterie avérée, sans objection du représentant des États-Unis, alors accrédité en Haïti, qui reconnaissait tout le premier la culpabilité de ce capitaine, fût grâcié et mis en liberté (1). De longues années s'écoulèrent sans qu'il donnât signe de vie. Aussi fût-ce avec une surprise bien naturelle qu'on vit sous le gouvernement précédent surgir inopinément sa réclamation pour les dommages et sévices qu'il aurait subis en Haïti.

« Appelé à fonder et à diriger la banque nationale sous le gouvernement du général Domingue, mis en demeure d'exécuter ses engagements, incapable de le faire, et convaincu publiquement de son impuissance, M. Lazarre, après avoir accepté 10,000 piastres (P. 10,000) (2), et le poste du consul général d'Haïti à New-York, réclame des indemnités pour les bénéfices que lui aurait pro-

1. Il avait eu l'idée audacieusement originale d'attirer, sous un prétexte quelconque, sur son navire en rade d'une ville d'Haïti, des citoyens de ce pays illustré par ses fureurs heureuses contre l'esclavage et de les emmener sur les marchés à esclaves de l'Amérique. Pris en flagrant délit, jugé et condamné, Pelletier était dû au supplice. Ceux qui le laissèrent s'échapper commirent une sottise, une lâcheté et un crime.

2. 50,000 francs.

curés la banque qu'il n'a pu créer. A ces réclamations, nous ne pouvons qu'opposer de nouveau des arguments déjà employés et suggérés par le plus simple bon sens. »

VI

Ces paroles ne nécessitent pas de commentaires.

L'Union américaine veut tout bonnement s'emparer de notre Môle-Saint-Nicolas, comme elle s'est emparée de notre petite île de la Navase, située à l'Ouest de la République, et que nous nous occupons de recouvrer.

Même, si je dois me fier à ce qu'on dit, les prétentions de l'Angleterre et des États-Unis d'Amérique sur le territoire haïtien viennent d'être positivement formulées.

VII

C'est pour tous ces motifs, pour sa mauvaise foi, pour sa rapacité, son manque absolu de scrupules, son étroit égoïsme, que la nation haïtienne éprouve une profonde antipathie contre la race anglo-saxonne. Nous ne nous entendrons avec elle — puisque, tout sérieusement considéré, nous ne pouvons rien sans l'étranger — qu'après avoir adressé à la France une invitation énergique et suprême.

VIII

Au mois de mars de l'année écoulée, une insurrection formidable éclata en Haïti contre le gouvernement actuel du pays. Cette insurrection a été réprimée, et, il est indéniable qu'il y a aujourd'hui en Haïti un gouvernement fort, qui peut ce qu'il veut.

Depuis son indépendance, c'est-à-dire depuis 1804 jusqu'à ce jour, les insurrections ont été presque permanentes en Haïti. Un peuple pour lequel la guerre civile, les incendies, les dévastations, l'insécurité, sont des choses régulières et normales au lieu d'être exceptionnelles et monstrueuses est hors la loi des sociétés humaines, il est voué à l'avilissement et à la misère, il est condamné infailliblement à périr. La guerre civile de 1883 a porté un coup décisif à la fortune publique, aux fortunes particulières forcément médiocres. Les familles sont tout à fait ruinées. Les ressources du trésor public sont insuffisantes; l'Etat est dans l'impossibilité absolue de répondre à ses engagements. La nation haïtienne harassée, instruite par une longue et dure expérience, est enfin contrainte de vivre dans le calme et dans le travail.

IX

Dans un moment ordinaire, la République d'Haïti fatiguée des agitations pitoyables et dangereuses se mettrait au travail avec fermeté, et, sage, parviendrait à économiser, à produire le capital-argent qui lui est indispensable, à conjurer enfin le sort défavorable. Mais nous sommes pressés par d'impérieuses nécessités ; nous ne sommes pas maîtres de choisir l'heure ; nous avons de grandes réformes à accomplir, de vastes et sérieux travaux à exécuter pour n'être pas désarmés et dédaignés dans la lutte économique qui se prépare en Amérique. Même sans cette perspective, de graves devoirs nous incomberaient car la misère publique est la cause certaine et principale de la facilité avec laquelle sont survenus jusqu'à ce jour en Haïti les bouleversements sociaux.

X

Accablés de besoins moraux et matériels ; placés entre d'un côté la France qui peut, par ses capitaux, satisfaire ces besoins moraux et matériels, de l'autre l'Angleterre ou les Etats-Unis d'Amérique qui ne peuvent satisfaire que nos besoins matériels, puisque nos aspirations sont toutes françaises, que nous sommes irrésistiblement attirés vers la civilisation française, nous nous décidons pour la France.

XI

La France a-t-elle un intérêt, un intérêt puissant et permanent à nous prêter aide et assistance? Est-il vrai que la crise industrielle française qui a été dans le Parlement français le sujet de tant de discours contradictoires et vains, qui a provoqué la nomination, par la Chambre des députés français, d'une commission d'examen de quarante-quatre membres, commission qui n'a abouti à rien, qui ne saurait aboutir à rien, qui vit et qui disparaîtra sous l'indifférence générale, sinon sous les huées de ceux qui souffrent et que ne consolent pas les mots pompeux, est-il vrai que la crise industrielle française doit cesser pour la France si Haïti le veut ? J'affirme que oui, et c'est ce qui autorise la République d'Haïti, pauvre il est vrai, à demander à la France à voix haute et non en mendiante de la secourir dans l'œuvre de son relèvement.

XII

Sans doute, pour prescrire le remède efficace à un mal, il faut connaître bien exactement la nature de ce mal. Qu'est-ce que c'est au juste que cette crise industrielle française qui s'impose à nos méditations ?

Supposons que dans un pays on crée beaucoup plus de biens qu'on n'en consomme. Tous les débouchés existants étant devenus, n'importe pour quel motif, inaccessibles ou insuffisants, et la production ne se restreignant pas, ne pouvant se restreindre à cause des exigences sociales, une heure arrivera fatalement où tous les produits étant accumulés, les usines encombrées, ce pays se trouvera dans une position intenable ; une heure surviendra, qu'on le veuille ou non, où le chômage gagnera toutes les industries ou un certain nombre d'industries ; où les capitaux ainsi que les travailleurs n'ayant plus de consommateurs seront contraints à l'inaction. Or, le travailleur subsiste par son travail et l'inaction, pour lui et pour sa famille, c'est la faim et ses conséquences.

Telle est simplement, sans phrases à panaches et retentissantes, ou telle deviendra la position de la France. Cette position, si facile à caractériser, est terrible pourtant pour qui sait réfléchir et prévoir : la France peut en mourir.

On parle beaucoup de politique coloniale en ce moment, ce n'est pas une folie. Ce n'est pas pour le stupide plaisir de soumettre des nations sauvages ou réfractaires à la civilisation occidentale que la France dépense son or et le sang de ses soldats en Asie et en Afrique, malgré les bruits sinistres qui donnent le frisson à l'Europe tous les six mois. En prodiguant au dehors les millions et la mitraille, la France veut empêcher le canon de la guerre civile de gronder quelque jour dans l'intérieur de ses propres villes et dans ses campagnes.

Supposons inversement que dans un pays on crée moins de biens qu'on n'en consomme, la partie fongible de la fortune souche, à savoir du capital de même que de l'approvisionnement d'usage ira tous les ans en s'épuisant davantage ; le revenu national suivra cette marche décroissante, et, l'aisance amoindrie invitera énergiquement à restreindre la consommation. Si, en outre de cette cause logique de ruine, dans un pareil pays, les combats à mains armées entre citoyens, la dévastation, l'insécurité sont habituels, il y arrivera une heure où la quantité de misère sociale ne sera plus supportable pour chaque individu isolément considéré : on se rue alors furieusement, sans dignité, sur les fonctions publiques où l'on mange.

Telle est la situation de la République d'Haïti.

« Les haïtiens... n'ont d'autres ressources posi-
« tives, immédiates, que les places de l'Etat...
« ils se battent pour les emporter d'assaut. Ces
« places ont le monopole de l'aisance... On se bat
« pour nipper sa femme, en rehausser les char-
« mes et la beauté et soi-même vivre en gentle-

« man. Certes, le but n'est pas mauvais ; il est le « stimulant le plus actif du progrès. Seulement « les moyens sont abominables et le choc du « ôte- « toi de là que je m'y mette » sera bientôt titani- « que si on n'y prend garde (1). »

XIII

Si je ne me trompe, le problème de vie est nettement et clairement énoncé pour la France et la jeune République haïtienne. La France a dépensé depuis un an au Tonkin, avec quelques héroïques soldats, près de cent millions de francs. Qui peut assurer qu'elle recouvrera jamais ces cent millions, qu'elle en sera jamais complétement dédommagée? Ceux qui l'aiment n'eussent-ils pas vivement souhaité qu'elle pût employer une pareille somme à fonder des institutions de bienfaisance honorées et admirées, tout en n'éprouvant aucun malaise ; qu'elle pût réserver son armée entière pour d'autres éventualités, pour d'autres champs de bataille? Il est inutile de poser une semblable question.

XIV

Dans la recherche des lieux de vente pour les fabricants d'une nation, toutes les classes produc-

1. Ed. Paul.

trices, depuis l'homme de lettres, qui vit de sa plume, jusqu'au plus humble ouvrier manuel, ont également droit à la sollicitude de l'Etat. Plus un marché est vaste et dépourvu de biens, plus sont élevés les bénéfices du marchand qui s'y présente abondamment approvisionné. Les populations de l'Extrême-Asie, chez lesquelles les coutumes sont immémoriales, dominatrices et révérées, ont des industries dès longtemps perfectionnées, adaptées à leurs besoins séculaires et ne contracteront certes pas des habitudes nouvelles pour la satisfaction des libraires, des couturières, des chapeliers, des modistes, des chemisiers, des tailleurs, etc., français; elle n'achèteront guère que de l'opium. La République d'Haïti, où l'industrie est complétement nulle, peut devenir facilement pour la France et volontairement, par goût, un débouché précieux de un milliard de francs au moins par an. Les lignes suivantes de Thiers, dont personne ne contestera la compétence en cette matière, en témoignent amplement : « Sur cette île (Haïti).... heureusement située à l'entrée du golfe du Mexique, resplendissante de fertilité, propre à la culture du sucre, du café, de l'indigo ; sur cette île magnifique, vingt et quelques mille blancs, propriétaires, vingt et quelques mille affranchis de différentes couleurs, quatre cent mille esclaves noirs cultivaient la terre et en tiraient une immense abondance de denrées coloniales, valant environ cent cinquante millions de francs, que trente mille matelots français étaient employés à transporter en Europe, pour les échanger contre une égale valeur de produits nationaux.

« Que penserions-nous aujourd'hui d'une colonie qui nous donnerait trois cent millions de produits et nous procurerait pour 300 millions de débouchés, car 150 millions en 1789 répondent au moins à 300 millions en 1845? » J'ajouterai que, suivant M. Gragnon-Lacoste qui est une autorité dans le cas, on estime à 30 millions de livres de sucre, 20 millions de café, 3 millions de coton, ce qui était enlevé chaque année de Saint-Domingue en contrebande par les Anglais, les Hollandais et les Américains; qu'il était de plus exporté des sirops pour la valeur de 25 millions espèces et des bois d'acajou pour 2 millions; je ferai cette remarque très utile que 300 millions en 1845, quand M. Thiers écrivait, équivalent bien à 600 millions à l'heure où nous sommes. A l'époque où Saint-Domingue absorbait cette quantité énorme de produits de l'industrie et de l'agriculture françaises, trente-cinq à quarante mille personnes seulement consommaient ces produits dans l'ancienne colonie française. L'immense majorité de la population, les 600 mille esclaves noirs ne vivaient, on le comprend aisément, que des denrées extraites du pays même. C'est donc un calcul d'une modestie extrême que celui qui conclut à déclarer que dans la République d'Haïti d'aujourd'hui dont les 1200 mille babitants libres ont — hormis ceux qu'impose le froid de l'hiver inconnu sous les tropiques — les mêmes besoins que les habitants de la France, le commerce français trouvera un débouché de un milliard de francs au moins par an. Car les haïtiens apprécient beaucoup tout ce que le génie humain a inventé pour rendre douce la vie ; ils ne sont pas du tout avares, et, en général, lorsque l'un d'eux a amassé dix ou quinze mille francs, il s'empresse de s'embarquer sur le premier paquebot en partance et vient passer à Paris, — jamais ailleurs, — à jouer au richard, deux ou trois mois après lesquels il rentre dans son pays la bourse vide, heureux, résigné, beau et fier comme un paon.

XV

Maintenant qu'un pouvoir omnipotent s'est établi dans la République noire des Antilles ; maintenant que, contre toute attente, la paix politique intérieure y est complète, le moment est venu d'attirer sur elle l'attention de la France.

Au lieu de se lancer ou de persévérer dans des entreprises dispendieuses, de prodiguer le sang de ses enfants pour des résultats qu'on ne peut indiquer, qui sont ou très éloignés ou très incertains ou insignifiants, la France, qui rencontre aujourd'hui tant d'hostilité dans le monde, devrait se préoccuper d'Haïti, ce pays où l'on parle français, et où il y a, pour le nom français, une admiration, une sympathie singulièrement intenses ; la France devrait entreprendre la conquête pacifique et économique d'Haïti. Je dis et je répète *conquête pacifique et économique.* Il serait déplorable à tous égards qu'on faussât ma pensée ou l'expression de ma pensée. Qu'il soit bien compris qu'haïtiens nous sommes et que politiquement, nous dont la réputation de bravoure et de vaillance n'est plus à faire, nous entendons rester haïtiens. Nous n'abdiquerons notre autonomie pour aucune espérance.

Je rappelle que des statisticiens savants et consciencieux ont avancé que, au XVIIIe siècle, six millions de personnes se substantaient en France par suite des relations de la France avec Saint-Domingue.

XVI

Que les capitalistes français encouragés, poussés par le gouvernement français et la presse française aillent en Haïti ; qu'ils fondent au Môle-Saint-Nicolas, la ville libre, le port franc qu'il y faut fonder et que nous ne pouvons fonder faute d'argent ; qu'une compagnie française s'installe dans notre île de la Tortue ; que la France propose et contribue activement à faire admettre la neutralité d'Haïti parce qu'elle n'a rien à appréhender de notre faiblesse et qu'il lui importe, pour tenir dans le monde le rôle qu'exige sa grandeur, qu'aucune autre puissante nation ne prenne dans la mer des Antilles une attitude tellement prépondérante qu'elle pourrait, à l'occasion, envahir la plus notable partie de l'Archipel des Antilles, y dominer en maîtresse et commander les avenues du canal de Panama tracé par un français ; que la France déconcerte ainsi l'ambition anglaise et américaine ; que la France nous aide enfin à nous élever ; que la seule nation civilisée qui respecte la justice et le droit soutienne et protège Haïti. En retour, Haïti guérira la France de sa maladie mortelle.

La République d'Haïti inquiète du lendemain désire, pour se mettre à l'abri de tout accident, de tout contact désagréable, se constituer vassale économique, commerciale de la France. Tout me dit que le gouvernement haïtien ne négligera pas ce vœu du peuple d'Haïti.

XVII

Le seul mode pratique pour la France d'établir avec Haïti des relations fructueuses, c'est, en tenant compte des indépendances respectives, celui qui produisit dans le passé les résultats superbes que l'on sait : le monopole.

« La France employait autrefois, au commerce de Saint-Domingue, 750 gros bâtiments montés par 80,000 matelots.... Ainsi, le commerce d'importation et d'exportation avec Saint-Domingue monta, en 1789, à la somme de 716 millions, 715,962 livres tournois, somme exorbitante quand on calcule que l'importation et l'exportation générales du royaume de la même année ne s'élevèrent qu'à 1.097,762 livres. La colonie de Saint-Domingue, le grand marché du Nouveau-Monde, embrassait donc à elle seule, en 1789, près des deux tiers des intérêts commerciaux de la France. (1) »

Les chiffres que je cite sont vérifiables, à Paris, aux *Archives du ministère de la marine et des colonies*. Je ne crois pas me tromper en affirmant qu'il dépend absolument de la France de conclure avec Haïti pleinement souveraine un traité de commerce et d'amitié qui lui livrera, sans concurrence possible, le marché haïtien et le monopole des productions, toutes de qualité supérieure, du sol d'Haïti. La marine française en prendrait un prodigieux essor. Peut-être le voyage à Paris de M. Preston, ministre titulaire d'Haïti à Washington et envoyé extraordinaire du gouvernement haïtien près le gouvernement français, n'a pas un autre but.

1. P. de Lacroix, déjà cité.

XVIII

Je m'imagine avoir démontré combien il est souhaitable pour Haïti qu'elle s'entende avec la France, pour la France qu'elle s'entende avec Haïti. Ce projet m'est particulièrement cher, à moi qui ai tant d'affection pour ce gentil pays de France, ma seconde patrie, où j'ai étudié, aimé et grandi. J'ai cru devoir le soumettre à l'opinion publique française qui peut interroger le gouvernement et se prononcer, parce que — je considère que mes vues sont conformes à celles du gouvernement d'Haïti — quand il s'agit pour deux nations d'intérêts aussi intimes que ceux que j'ai envisagés, il n'est pas bon de s'en remettre à l'entière discrétion d'un seul homme, le président du conseil des ministres de France, M. Jules Ferry qui, occupé à poursuivre par d'autres moyens le bien de la France, n'accorderait peut-être pas l'attention qu'ils méritent aux procédés commodes et d'une sûreté mathématique que je signale.

XIX

Appeler à la civilisation, au bonheur, même en risquant quelque chose, un jeune peuple qu'il faut plaindre plutôt que mépriser, c'est une tâche éminemment digne de la France, de ce pays aux nobles et éclatantes traditions.

Pour l'accomplir, l'Etat français n'aura à supporter aucune charge. Ni un homme, ni un centime ; profits des deux côtés. Que la France nous soit seulement amie et bienveillante.

XX

Pour harmoniser les éléments jusqu'à ce jour intraitables ou incohérents de la société haïtienne, pour prévenir les révolutions qui la remuent sans cesse, il n'y a incontestablement qu'à organiser le travail national, à exploiter les richesses incalculables d'Haïti. Il serait intelligent de profiter de l'état actuel des esprits, de la lassitude qui a suivi la dernière insurrection.

Sans capitaux, talonnés par le temps, nous redoutons les douloureuses vicissitudes, les efforts décourageants, pleins d'amertumes et d'angoisses qu'accuse notre histoire.

En retour de l'appui moral du gouvernement français, de la presse française ; en retour du crédit de la France, nous promettons à la France d'être un débouché pour les produits de son industrie que nos matières premières alimenteront ; de fournir un frêt énorme à sa marine ; de faire évanouir son mal économique.

La France ne refusera pas.

Autrement il faudrait reconnaître qu'elle ne nous a pas compris, que sa grande intelligence subit, momentanément, une éclipse.

Nous quitterons sans doute la route des précipices même alors ; nous prendrons ailleurs l'argent nécessaire ; mais l'influence française effective et féconde sera morte pour toujours dans notre pays et la France aura perdu une occasion inespérée, qui ne se représentera jamais, d'atteindre en définitive l'équivalent du rêve pour lequel, se sentant frappée au cœur, elle sacrifia inutilement au commencement de ce siècle une armée et des centaines de millions.

Emmanuel Édouard

Paris, avril 1884.

FIN.

Imprimerie A. DERENNE, Mayenne. — Paris, boulevard St-Michel, 52.

DU MÊME AUTEUR :

Rimes haïtiennes. Dentu, éditeur, Palais-Royal,

Et

Port-au-Prince, chez l'auteur, Grand'Rue.

POUR PARAÎTRE PROCHAINEMENT :

Questions haïtiennes.

www.ingramcontent.com/pod-product-compliance
Ingram Content Group UK Ltd.
Pitfield, Milton Keynes, MK11 3LW, UK
UKHW012300240726
13966UKWH00004B/1531

9 782012 930544